本书由福建明德书院、福建华夏学校
和龙岩明德职业中专学校资助出版

追光文库

鲜花开满西墙

张文武·著

Flowers Swarm the Western Wall

華夏出版社
HUAXIA PUBLISHING HOUSE

图书在版编目（CIP）数据

鲜花开满西墙 / 张文武著. -- 北京 : 华夏出版社有限公司, 2025. --（追光文库）. -- ISBN 978-7-5222-0943-2

Ⅰ. I227

中国国家版本馆 CIP 数据核字第 2025SP3324 号

鲜花开满西墙

作　　者　张文武
责任编辑　杜潇伟
责任印制　周　然

出版发行　华夏出版社有限公司
经　　销　新华书店
印　　装　北京华宇信诺印刷有限公司
版　　次　2025年9月北京第1版　　2025年9月北京第1次印刷
开　　本　710mm × 1000mm　1/16
印　　张　13　　**彩　插**　1
字　　数　24千字
定　　价　58.00元

华夏出版社有限公司　地址：北京市东直门外香河园北里4号
邮编：100028　　网址：www.hxph.com.cn
电话：（010）64663331（转）

若发现本版图书有印装质量问题，请与我社营销中心联系调换。

2019 年 6 月，河北张家口草原天路采风

2019 年 10 月，北京
门头沟潭柘寺采风

2025 年 5 月，东营黄河入海口采风

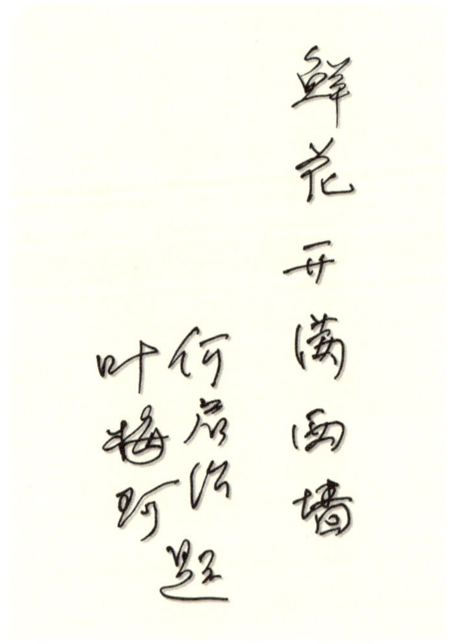

2025 年 7 月，何启治先生及叶梅珂女士题名

真实情感与神性思维的交响

（代序）

十多年前，在北京劳动人民文化宫的一间教室中，我初识张文武。令我记忆深刻的是，有一次课堂因装修临时迁至文庙，我曾半开玩笑地对同学们说："如果能'穿越'一下，那将是何等奇妙的体验！"课后，文武主动找到我，表示会陆续将他的诗作发来，请我"赐教"。于是，我有幸成为《鲜花开满西墙》这部诗集最早的读者之一。当文武邀请我为诗集作序时，我深知这是他对我的信任与期待。多年来，我始终没有放弃诗歌写作，因为我始终相信：诗歌是人与自己内心世界最直接、最深刻的对话方式。诗歌的灵魂，不在于语言的雕饰，而在于真实情感与神性思维的融合。换句话说，一首真正的好诗，是诗人与精神世界、宇宙意识之间的对话。它不是简单的修辞游戏，也不是故事的提纯，而是一种浓缩了生命体验和超越性思考的语言艺术。西班牙诗人、诺贝尔文学奖得主希梅内斯认为，诗歌是一种无法用语言表达的表现形式，正如音乐。诗歌的本质在于引发心灵深处的共鸣与升华。它的起点是对生命的真诚，终点则是将个体经验升华为具有普遍意义的生命感悟。

《鲜花开满西墙》共收录了 100 首作品，整部诗集最令人印象深刻之处，在于诗人能够从平凡生活中提炼出诗意，在细微观察中捕捉哲思。他不是浮光掠影地描摹世界，而是以一种沉浸式的姿态，深度凝视生活中的每一个细节，如同品茶时感知香气的层次变化，散步时凝视叶脉的纹理走向。那些我们习以为常的元素——星辰、雾霭、雪夜，甚至潭柘寺与阮籍——在他笔下都被赋予了新的生命与意义。这不是偶然的拾取，而是诗人以深邃的洞察力穿透表象，捕捉到事物背后蕴藏的美与哲理，字里行间流淌着对生活的顿悟与对意境的执着追寻。

在语言表达上，文武追求简洁而富有韵味的诗境。他既能精准击中情感的核心，又能如涟漪般扩散，唤起读者的深层共鸣。例如《星》中写道："一张黑色的巨网 / 一下子罩住太阳 / 谁承想 / 透过网眼 / 万点金光在闪耀。"短短两句构建出极具张力的意象：黑色巨网象征压迫与遮蔽，而那"万点金光"则象征希望与抗争。诗人用"闪耀"一词强化了光明突破黑暗的动感，使读者仿佛置身于宇宙中一场光明与黑暗的激烈交锋之中。同样精妙的是《雾》一诗。诗人以雾为载体，运用拟人手法，赋予"时间老人"生命，雾的流动与不可捉摸被具象化为时间的见证者与推动者，将抽象的时间概念转化为可感知的意象，赋予作品几分哲思与苍凉。这种处理方式，不仅提升了诗歌的审美层次，也加深了读者对时间与生命流转的体悟。

值得称道的是文武情感表达的深沉与复杂。他善于借物抒情，想象力丰富，笔触时而如手术刀般犀利，剖析现实；时而又饱含温情，抚慰人心。这种情感不是空洞的口号，而是通过精心选取的意象与场景自然流露。在《谒鲁迅博物馆》中，“胡子 / 浓眉 / 钢丝短发”的肖像描写，与鲁迅“横眉冷对千夫指”的硬汉形象高度契合，而“一把刀 / 解剖不了暗夜”的隐喻，则呼应了他以文笔为武器批判社会的文学实践，形象而生动。在《北京清晨六点零九分的月亮》中“喜鹊巢穴 / 和 / 远方一样重！”画面感、在场感十足，令人动容，表达了诗人对现实的精准把握和对纷攘世界的幽微体察。《独行》一诗将自我与本我进行对比，暗喻精神根系的丰沛，才能推动个体适应社会环境并实现成长。这种转化不仅具有视觉冲击力，更蕴含着深刻的社会寓意。《梦醒时分》以“梦”为情感起点，通过自然意象与内心独白的交织，构建了一个从迷茫到释然的情绪流动轨迹，语言凝练而富有画面感，展现了现代人对时间、存在与情感的细腻体悟，完成了从个体情绪到宇宙视野的升华，体现“梦醒时分，正是情感与理智交织之际”的灵感瞬间。

纵观整部诗集可以清晰地看到诗人如何将自然的壮阔与幽微、人生的复杂与深邃熔铸成诗。诗人借助丰富的意象——雾、风、星、梦境、荷塘、冬夜、村落——精心构筑了一套象征系统，把对历史文化的敬仰、对现实生活的感悟，以及对未来的憧憬编织成一幅情感与哲思交织的诗意画卷。诗中既有宏大的历史叙事，承载着时代的重量；也有极其私密的情感流露，细腻动人。正是在这种真实与神性、传统与现代、个体与普遍的张力中，诗歌不断穿越生命的暗河，叩问存在的本质，并最终照亮人类的精神世界。

中国作协网络文学研究院研究员　马　季

目录

星

麻雀·孔雀 / 3
星 / 4
北风迎春 / 5
烟筒 / 6
死水 / 7
启明星 / 8
雾 / 9
人民英雄纪念碑 / 10
灯之联想 / 11
故宫 / 12
北风颂 / 13
黄河 / 14
光明天使 / 15
鲜花开满西墙 / 17

因为爱 / 20

花月夜 / 21

雨夜 / 22

太阳照在桑干河上 / 24

通州大运河 / 30

踏春 / 32

中国父亲 / 34

路 / 36

因果 / 38

观礼祖国七十华诞 / 41

我听 / 43

老屋 / 45

故乡 / 48

回家 / 50

窗外 / 52

家 / 53

望月 / 54

求佛 / 55

晚秋 / 56

今夜有雪

老牛 / 59
老井 / 61
大风 / 63
故乡（二） / 64
今夜有雪 / 66
夜归人 / 67
今夜无雪 / 68
没有爱的四季 / 70
谒鲁迅博物馆 / 71
朋友 / 73
怀念毛泽东 / 74
龙 / 76
雪 / 78
清明不许哭 / 80
一根藤 / 82
寂 / 84
思 / 86
母亲 / 87
盲 / 89
夜雨 / 91

童年 / 93
无题 / 95
雨 / 98
关于灵魂 / 101
记起故乡那条河 / 106
那晚的月光 / 108
笑容 / 110

另一个空间

暴雨来临时 / 117
野猫 / 119
听雨 / 121
孤独的小鸟 / 123
潭柘寺 / 126
云居寺 / 128
秋已深 / 130
梦中梦 / 131
北京清晨六点零九分的月亮 / 133
远方 / 135
敬畏 / 137

走进秋天 / 139
秋夜 / 141
晚秋（二） / 143
阮籍泪 / 145
独角戏 / 146
荷塘 / 147
镜子 / 148
向灵魂借诗 / 150
无题 / 152
北京初冬的雨 / 154
稻草人 / 156
独行 / 157
小屋 / 159
小村 / 161
另一个空间 / 163
又一种梦境 / 165
无眠 / 167
有一种思考 / 168
有一种回忆 / 170
梨树沟的秋 / 172
又一次无题 / 174
老人 / 176

窗 / 177

栖身之所 / 179

白日梦 / 181

梦醒时分 / 183

落叶 / 185

蚂蚁 / 187

冬至 / 189

后记 / 191

星

麻雀·孔雀

动物园里

铁笼中

一只孔雀

炫耀抖动着美丽的羽毛

她得意，使劲

憋得脸通红

笼顶上

一只小麻雀

看着她笑个不停

“你有资格笑我吗?

奇丑无比的小东西！”

小麻雀没有吱声

只是轻轻跳了几下

猛一扬翅

冲向蔚蓝的天空

本诗曾发表于1991年4月24日《德州日报》。原诗创作于1990年冬，是作者创作的第一首诗。

星

夜
一张黑色的巨网
一下子罩住太阳
谁承想
透过网眼
万点金光在闪耀

本诗曾发表于1991年1月12日《德州日报》；入选《中国当代青年超短文学精萃》，哈尔滨出版社，1992年3月。

北风迎春

九重天外春来早
已是春光好
仙花开
艳阳照
万里天河冰已消
昨夜北风上天去
偷撒银花把春报

本诗曾发表于 1991 年 2 月 10 日《汽车周报》；入选《90 年代青年抒情诗选》，金陵书社出版公司，1992 年。

烟筒

一只长长的黑胳膊
伸向衰老的夕阳
抓个红蛋糕尝尝
正义的风看见了
轻轻一吹
烟雾茫茫

本诗曾发表于1991年2月22日《山东青年报》；入选《中国当代诗坛新人群星谱》，金陵书社出版公司，1991年。1992年，该诗获当代诗人作家丛书编辑部、关中诗社联合举办的“新世纪杯”诗歌大赛一等奖。

死水

一潭死水无波涛
只有几个苇子兵
为她放哨
偶尔飞过一只小鸟
留下几声讥笑
她并不烦恼
瞧
白云在我胸中飘

本诗曾发表于1991年2月22日《山东青年报》。

启明星

有人说
你是红烛
有人说
你是园丁
而我说
你是启明星
赶走黑夜
唤醒黎明
捧出一轮红日
微笑在霞光灿烂之中

本诗曾发表于 1991 年 9 月 13 日《中国电大报》；入选《中国当代青年抒情诗精品》，南洋出版社，1991 年。

雾

扯几片白云
卷支喇叭烟
凑着朝阳
点着了火
时间老人
深深吸了一口
喷出浓浓的
带有水汽的烟

本诗曾发表于1991年9月13日《中国电大报》；入选《中国当代青年抒情诗精品》，南洋出版社，1991年。

人民英雄纪念碑

（一）

一柄剑

血凝成

又在火中炼

刺破青天东方白

换了人间

（二）

一位巨人

孕育着一句诗

能写满

九百六十万平方公里

本诗曾发表于 1991 年 10 月 4 日《中国电大报》。

灯之联想

夜
偷偷地
伸出黑拳头
击碎了太阳
人间发出亮光

本诗曾发表于《齐鲁电大》1991年12月增刊。

故宫

三元钱

一张门票

让我走进了

一段不太便宜的历史

本诗曾发表于《齐鲁电大》1991 年 12 月增刊。

北风颂

怒吼一声惊破天

大军滚滚杀向前

莺歌花笑庆胜利

少女怀春舞翩翩

本诗曾发表于《齐鲁电大》1991 年 12 月增刊。

黄河

弓背驰骋万里行
巨浪滔滔鬼神惊
曙色微微归故里
红日含笑出海迎

本诗曾发表于《齐鲁电大》1991年12月增刊。

光明天使

1992 年 7 月 26 日，我在工作中因染料溅入眼中而双目失明，经德州人民医院张存夫等眼科医生救治，现又能见光明，不禁感慨万千，欣然命笔。

凶恶的魔鬼
——凡拉明蓝 B 色盐
挥舞沾毒的尖刀
刺破我的双眼
我在黑暗中挣扎
在绝望中叫喊
天使闻讯骤然而降
赐我妙药灵丹

本诗曾发表于《齐鲁电大》1992 年第三期。

于是

一个崭新的世界

正在眼前诞生

缓慢而又艰难

鲜花开满西墙

习惯了一人去流浪
梦把心
割舍得愈发荒凉
有滴泪
从眼角悄悄滑落
轰然一声砸碎满地月光

收拾简单行囊
挥一挥手
告别栖身的矮房

没有方向
让脚步随意
带我去风景中游荡

奋力爬上冲天的山冈
一点点接近太阳
晒一晒
灵魂的伤
怎奈高处更增寒凉
刹那两鬓结满白霜
踉跄奔向
海洋
找寻
春暖花香
咸风挟着苦浪
送给我
满面的沧桑

或许只有
身后的故乡
还在为我挂肚牵肠
蓦然回首

我看见

有鲜花

开满家中小院的西墙

因为爱

我不想化身为太阳
因为寂静夜里
嗅不到你的幽香
我也不愿化身为月亮
无数个白昼不能
送你诗一般的月光
化成一缕空气
无声守护你身旁
只在你将要窒息时
偷偷润活你的肺脏

花月夜

一弯月

勾缠着流云

几颗星

敲动我心

半湖水

风平浪静

岸边柳下

谁在温存

为何有朵花

在这美丽夜色中

偷偷哭泣

原来

采摘的

不是梦中人

雨夜

夜很静
细雨的歌声
温婉而朦胧
花很静
在雨露中战栗着
悄悄地绽放浓情
树也很静
万千枝条
拥缠着微风
已然入梦
推开窗
和雨夜默默对视
偷偷嗅一口
润润的风景

一丝明悟

和宁静

渐渐渲染了我的双瞳

太阳照在桑干河上

2018 年 9 月，中国盲人作家高级研修班在涿鹿举办，恰逢丁玲书院开馆和丁玲铜像揭幕，仪式上有一朵白云在丁玲铜像头顶久久徘徊，诗记之！

（一）

夜很静
我听这流水声
心很静
我看不见那远山
我很静
轻抚着大桥栏杆
不说话
张开双臂
拥抱着这河
和那满天星辰
秋风
把我拉长

整个附在

这水

这山

这片热土上

应该烫壶老酒

豪饮三百两

醉卧这

天地间

梦沧桑

远古的声音

把我叫醒

我看见

太阳照在桑干河上

（二）

七十年了

那朵云

还在

追寻她吗

是怕
这涿鹿的太阳
太热辣
还是怕
口外的风裹沙
那朵云啊
太痴情
年年在
桑干河等她
她在哪
在哪
是你
回来了吗
怎还
披着红纱
是你
回来了吗
怎不和我说话

她不说话

她不说话

只静静看着

这片热土和水波

那朵云

也不说话

只化成

云罗伞盖

永远

守护心中的她

（三）

今夜无眠

半弯月

勾着我心

且放下

这些凡俗事

子夜

漫步到
桑干河畔
天上应无星
云阻挡一切
但我的月
穿行其间
远方有山吗?
水流要去哪?
静静看着这河
丁玲先生铜像
在背后
看我背影
可我在听
在听
曾经
曾经
那些
那些

水声
弯下腰
伸出双臂
再次
把这河抱起
倾洒的水浪
浇湿我前胸
这冰凉
给我几丝冷静
明晨
有没有
太阳
把我映照在
桑干河上！

通州大运河

时光流转

转念间

千年

已藏进历史深处

大运河

还在

岁岁涌向京都

通州啊

在巨大沙盘间

迸发古朴热度

我来了

听

大师讲

燃灯古塔

和

运粮船千帆争渡

其实

更有几分私心

想打探

当年杜十娘

百宝箱怒沉何处！

踏春

又是一年清明
春风
吹绿大地
吹开百花
也吹走了岁月

又是一年清明
我们
种下感恩
种下哀思
也种下希望

又是一年清明呀
快快出来踏春
莫辜负
这美好光阴

请沿着

牧童的笛声

走进诗中的杏花村

中国父亲

他从
唐诗宋词中走来
掸一掸衣袖
带着满身的文采
他从
田间地头走来
憨笑着对视
将要成熟的小麦
他从
孤独牵挂中走来
站成山顶一棵老树
还要为天边
烈日下煎熬的你
拨送一片云彩
其实他是最自私的

用不再回来的

一种方式

收获我们永生的思怀

路

我愿站成

山顶一棵树

孤独

便有了高度

用枝丫

把白云轻抚

又远看日落日出

我愿漂泊成

苦海一叶扁舟

孤独就有了广度

狂风惊雷

犹自闲庭信步

我愿把时光

折叠进梦的角落

百世轮回

锻造孤独的深度

当你微笑时

有光在指引前方的路

因果

春天来了
她没有忘记我
小小的院子
我开心地笑

隔壁小餐馆
很兴旺
喧哗声和菜香味
也没忘记我
小小的院子
我淡然地笑

一群老鼠也来了
直奔餐馆
竟也在我小小院子中

分营扎寨

我慈悲地笑

胡同东口

有几只流浪猫

我心生怜悯

这几日

便布施一二

看小东西狼吞虎咽

我由心地笑

今夜月色如水

想静静地写诗

几只喵喵却寻踪而来

在我屋顶低语轻唤

哦！感恩的小生灵啊！

我会心地笑

美美的梦
在生死嘶叫中惊醒
可怜的猫
咬死了更可怜的鼠
我只能苦苦一笑
善良的我呀
如何才能不沾因果

观礼祖国七十华诞

当
人民万岁的声音
在天安门城楼
再度响起
当
雄师昂首
重展
渡大江的威仪
当
领袖深情
向国旗行注目礼
我的国呀
在世界雄起
礼炮
震响长空
战机

傲视苍穹
最是风采
我的火箭装甲兵
举国欢腾大众
舞狮
威武擒龙
长安街上庆升平
祖国呀
我的祖国
环球不大
今朝
普天同庆

我听

天安门的礼花
耀满长空
我只能用
声音描绘风景
黑夜剥夺了
我黑色的眼睛
可我的祖国
同样赐予我光明
听见了吗
七十年了
领袖再度发声
人民万岁
怎就那样好听
再也不是奴隶的命
傲视全球
我挺起了胸

虽然我看不见啊
可我的国家
我的国旗
在我的心脏中
和热血一样的红

老屋

斑驳的土墙
破损的门窗
还有房顶野草
在风中摆荡
为了
远方和希望
老屋被遗弃在
家乡的小村庄
一年又一年
陪她的
只有小院里的枣花香
冬去春又来呀
夕阳把她的影子
投放得很长很长……

繁华的都市
林立的洋房
还有无聊生活
让梦想变得迷茫
为何
不夜城中
七彩的灯光
总也美不过
别在
老屋烟囱上
那弯月亮

如今
老屋不再
孤单忧伤
陪伴她的是
空寂了大半的小村庄
更多的人
不愿固守在这片黄土地上

或许

多年以后

我会回到她身旁

老屋前

老树下

一个老人

微笑着慢慢梳理时光

故乡

当天地在

大平原的远方

渐渐交合

当炊烟在

小村落的上空

把夕阳抚摸

一声或几声

母亲的轻唤

会牵回

漂泊的你

故乡

总是在梦中

迷离而又远去

回乡的路

虽远啊

又渐渐清晰

不敢感叹

眼泪模糊了

儿时的烟雨……

回家

车飞一般
破开乡愁
在这一刻
归家的人
不禁泪流
车儿啊
再快一些吧
恨不能一步
跨进家门口
或许
车儿应慢一些
让游子
把近乡情怯的酒
酿得更醇厚
亲亲的列车啊
在飞驰

疲惫的离人啊

其实

家就在

心中的灯火阑珊处

窗外

泡一杯茶

慢慢品味生活

看窗外

春

就突然来了

不知名的花怒放

一只猫

悠然游荡

小孩子在远处嬉戏

我

沉默不语

只

静静地

静静地

感悟

这天和地

家

秋雨从

夜空中渗落

冷风里

瑟缩的有还在盛开的花朵

和即将飘零的柳叶

还有

前行脚步声

不让熟睡的城市寂寞

还有

还有

一扇窗

亮着不眠的灯火

望月

迷茫的生活
推长了岁月
孤独的背影
拉近了暮色
倒杯烈酒
烫烫冰冷的我
半醉半醒
搜寻曾经的乐
深夜催眠了
万家的灯火
我站在地球的阴影中
远望天边的一钩残月
瞬间明了
什么是悲欢离合、阴晴圆缺

求佛

纯净天空用云朵擦拭

大庙的金顶

檐角风铃

摇动

远山的寂静

大千众生

拜在佛前

求一求来世风景

此刻不语

微笑在绿树万花丛中

晚秋

当热情的枫叶
点燃火炬树
滚烫的血
在远山沸腾起来
当多情的秋风
巡视将要临产的
果树和高粱
某种喜悦在快速膨胀
天渐渐辽阔
更多空间
送给自由的云朵
再来场
秋雨好了
我将撑把伞
走进无边的旷野

今夜有雪

老牛

筋骨已无法
支撑自身重量
卧在村口
一棵枯树下
啃几棵
野草
又
不时
抬起头
深情望着
远方
突然
一声哞叫
弓着腰身

跃起

长长

叠满年轮双角

卡住天边血红的夕阳

老井

挑水汉子的
双桶中
旭日
来回跳动
鸟鸣鸡啼
装饰着
小村庄的宁静
不知啥时候
有的这老井
滋润过父祖辈
和我的童年
至今还让
梦境水灵

老井的水
是甜的

总拿大瓢舀起
就着月光痛饮
顿时文思泉涌
老井的水
是香的
它伴着
小米粥的热气升腾
老井是
故乡的
早就渗透在
那片土地
和亲人的血液中

大风

今夜狂风
能吹走多少秘密
在这大都市中
谁能透过华灯
看出
哪是漂泊者的背影
初冬有了
很重的寒意
往前走
迎着风往前走
就算
邂逅不了
一场艳遇
也不会看见
飞上天的泪滴

故乡（二）

少年时

故乡就是母亲

一草一木

还有田间地头

一只蟋蟀

都是你的玩伴

青年时

故乡就是父亲

总会找一个

春光明媚的日子

把你

像风筝一样放飞高远

时光让你

慢慢成熟

心中最柔软的地方

会变成对故乡
最强烈的思念

常回家
看看吧
莫要变成
故乡的客人
白发
遮掩不住
游子的孤单

今夜有雪

雪花比
母亲加衣的叮嘱
来得稍晚一些
躲藏夜色中
又在路灯下露出羞涩
伸双臂拥你入怀
只得额头清凉一吻
回首时
你飞上树梢枝头
掩唇轻哦
默默等了几个季节
却不敢
用爱将你焐热
紧一紧领口微笑前行
远方有
辉煌的城市和无边的田野

夜归人

雪密起来
风也
不再温柔
灯光只能
暗夜中掏出一段路
我却
放慢了脚步
踏歌而行
这天地
这午夜
这城市
这……
不孤独……

今夜无雪

在大雪的节气中
多半轮月
静静
轮转于天空
夜色
在
不太寒冷中朦胧
应该出去
漫步抚平心的悸动
在远山那边
是否有
一抹风情
路边还有
叫不出名的花朵
未曾凋零
是为谁

抗拒严冬

有些爱

深藏岁月中

还有

很多诗

描绘不出的风景

没有爱的四季

春风
催开
谁家的花朵
闲置
一架
当年的水车
秋实
压枝
压不住的错
错过
丢失
飘雪的季节
有几分爱
不在岁月里
还有几滴泪
天地可装得下！

谒鲁迅博物馆

胡子

浓眉

钢丝短发

一把刀

解剖不了暗夜

绝望中呐喊彷徨

或许用大笔

能描绘黎明

不敢想

有没有路

彼岸

不在乎

走得人多或少了

小小宅院

在历史中沉浮

深情抚摸

先生种下的白丁香树

祝福我写不出的“祝福”

朋友

两双手

在空中划出

真诚的弧线

大笑声

早于

拥抱之前

比目光

更真实的是语言

比语言

更真挚的

是紧握的手

不只在

彼此声音中相识

更跨万水千山

温暖明亮了

朋友一生的诗眼

怀念毛泽东

您，没离去
泪光里，昂首
仍然望见您
一步迈出二万五千里

您，没离去
正操练
百万雄师过大江的威仪

您，没离去
在炮火中锤炼诗章
天安门上只一句
让五千年成为过去

您，没离去
晨曦里，看得见

您果敢的眼睛
闪耀着大智慧
宽阔的额头爆发思维
正为我们播撒光明

晚霞中
您，凑着夕阳
抽着烟
慈祥地笑着
和老农谈论年成

您，太累了
躺下静静地休息
可那小小的殿堂
又怎能容下您的身躯
于是，头枕昆仑
双脚伸进东海里

龙

一条铁龙
委屈了百年
小小身躯
在
中华大地
得不到伸展
想流泪
没有用处
外虏在侧
我的国呀
强作欢颜

不做奴隶的人
前进呐喊
历史河流
淹没不了

三民中山

和

嘉兴的红船

中国是

中国的中国呀!

今天

我让

我的龙子

九州贯穿!

雪

又下雪了
在城市
昏红色天空
飘落下来
不知
要感叹什么
季节
就是如此安排

炽热手
抓把润凉
没有风
竹叶
低下头
寻一缕灯光

路人
行得匆忙
额头
沾半点惊喜
或几多沧桑

天地变得寂静
雪
会把
暗夜洗成黎明
我会在
晨曦里
痴痴地看风景

清明不许哭

阻避凶残疫敌
只能在
小窗和小院中
偷窥几丝春意
下午见半轮月
于东北方
苍白孤独在老树梢头
入夜见月于东南方
皎皎依偎在
另一棵老树梢头
三更难眠
心凌乱在
哪一棵老树梢头
黎明将至
太阳会在
几颗寒星的冷眼中

再度升腾

于是

左手牵起右手

在胸前合十

拜一拜

所有的未知

苦难

终成身后影子

希望汇合光明

涌入干涸肺腑

这个时刻

你

不许哭！

一根藤

繁华
大都市中
有
一根藤
在水泥和钢铁缝隙中
抽出芽叶
不合时宜
宣释坚强
人类怜悯让它
旺盛生长
每一片叶子
仿佛都沾满阳光
不是规划的植被
和培育的花草
孤独另类
惊艳成

另类的孤独

其实

我愿化成

如此一根藤形态

抗议

太寂寞的城市

天空活了起来

有风

慢慢吹过空无的一切!

寂

站在绝峰上

落日

把

大庙涂满金光

诵经声

比

漫夜悠长

心

一闪

古佛肃穆

有只飞鸟

飞不出丛林

禅笑

染碎了红唇

独行的侠客

抽刀

用

锋芒弹奏

没有星光的夜

几杆老竹摇落长天

思

夕阳就要
落在远山之上
小路不见
我心爱的姑娘
这
一湾水呀
也起了忧伤
无心去
挑弄
翠影波光
岸边钓者
静默定格
愿
鱼儿
在水中央

母亲

儿时的你
在母亲的梦中
摇篮曲如同月光般
让襁褓里的小脸
祥和、安静、从容

少年的你
在母亲的厨房中
粗茶淡饭
被爱烹制的香气浓

青年的你
在母亲的牵挂中
千叮万嘱密密缝
十里相送
回身才敢流泪的背影

当你也有了白发
母亲站在夕阳中
用一支拐杖
丈量儿女的归程！

盲

2020 年 5 月 21 日，听中国盲人文学委员会主任、一级战斗英雄史光柱关于诗歌的讲座有感。

我不需要
太多的色彩
阳光是有香味的
月光也是
花儿也是
树木也是
连空气都是
我也不需要
太多想象
天空不如心高远广阔
大地也是那样
山也那样
水也那样
连生活都是那样

我只是想

露出笑容

父母需要

亲人需要

朋友需要

我自己更需要

夜雨

又下雨了

在夜色中

轻轻吟唱

寻找

还在亮着灯火的窗

孤独的老人

也在

轻轻敲打着床栏

回忆比

雷声沉闷

也比一道电闪灿烂

鸟儿

是否已归巢啊

树杈

久久不能入眠

花儿呢

草叶呢
蚁虫呢……
今夜若有月
她应
静立在
云端外
高天之上
或许有风
拂过伊太息般的目光

童年

如风般

逐风雀跃

似蝴蝶

绕花起舞

金子样纯粹

快乐在

金子样的阳光里

在大地的眼中

更如

初春的新苗

稚嫩出磅礴生机和希望

我

或

我们

都曾于那段

时空穿行而过

走得越远
越心驰魂牵
简单下来吧
像小孩子样简单
愿
今夜做个
简简单单的梦
嘴角带笑梦回童年

无题

忽然
发现
自己老了
时间
如
洪荒野兽
咬残
这副身躯！
而我们
都是
历史掌控者
把过往
活成记忆
把未来
活成幻想
把现在

活成无奈吧!
不能照镜子
另一个
时空
太真实
胡须
和
白发
默默生长
僧敲月下门
不是一片荒凉
麦子熟了
香气
引出
锈蚀的镰刀
铮铮作响
而老农的腰
折成

夏夜的一弯月亮
有一场战争
生灵啊
难以绕过
争得
天边一缕光
无畏
可是本心
怯懦
回缩不成一堵墙
还有爱吗?
莫怕灼伤
用红唇
轻轻地
轻轻地
吻一下太阳!

雨

很巧
有种
思念
被捕捉到
雨是
懂情意的
在恰当时刻
飘洒低唱
而目光呢
穿过朦胧
在远方再次朦胧
不知道
有没有
仙子
露出
滴答

滴答

清婉的笑容

雨停歇了

在恰当时刻

进行另一场空投

所以

雨

最懂情意

有时

就

为了那一刻

才飘然而至

带走一颗心

在远方

星星点点诉说

又有雨声
滴滴复滴滴
是
回电码
敲击迷茫的夜
还是伊的心跳
我知道
谁都逃不掉
风雨同天宿命
拒绝睡眠
留住……
这幽幽意境
空悲叹
那年过往的云烟

关于灵魂

（一）

或许
这副躯体
有些苍老残旧
他正
蠢蠢欲动
想挣脱
去找寻
梦幻般的爱情
秦时明月
在盛唐
静静流转
太白的邀约
从今世
转身为一阵古风
不想听

空山禅唱

几片云

化入岁月峥嵘

不言不语

不再

放逐某种契机

入梦

是妥协吧

柔韧丝线

放飞

斩不开的自己!

（二）

过了子夜

是躯壳

最麻痹的时刻

试探着

完整

逃离出来

愉悦轻舞

又

凝神审视

今生的宿体

窗外

有

远空

寂寥星斗

和深藏某个

角落的啾啾虫鸣

哦

这个

可怜的躯壳

嘴角带笑

他

还不知道

些许

美妙的梦
是我编织给
宿主的一丝安慰
太阳
总会在
既定时刻升起
相安的平淡
伴随
又一个
安宁的清晨

（三）

快要压制
不住他了
白天
也会
独自显化
一个人发呆
肢体

是行为艺术

引来好奇的围观

也曾

问过

上帝

或是佛陀

庄子

大笑

虚空不可寄托

玄玄

飞舞的那只蝶

记起故乡那条河

至今
不知她名字
或流向何方
可
童年
和
生养我的
小村庄
都在她臂弯里
怀着
小小幻想
一次次
向对岸张望
世界
在
梦里梦外流淌

大桥

在

时光中凝实

显现成

这片平原

或

平原毛细血管的

一个节点

我的

深情呼唤

泼剌剌快乐成那条

只有七秒

记忆的游鱼……

那晚的月光

那晚的月光
轻抚
将要入眠的我
窗外
几颗星斗
在流云里闪烁
季节
忽略了
心
向往
什么季节
晨露
从花蕊间滴落
娇艳
在朝阳中快乐

那晚的月呀

等

下一个轮回圆缺！

笑容

一八九三年的

这一天

积弱已久

中华民族

笑了

在

最黑暗

黎明之前

古老东方

韶山冲里

有红日

冉冉升起

那个少年

笑了

春来我不先开口

哪个虫儿敢发声

有位青年
笑了
恰同学少年
风华正茂……

几座山
困不住他
杀出血路
三军过后尽开颜

一场雪
也让
伟人笑了
红装素裹
看我江山如此多娇

一九四九年
十月一日

伟大的中国
也是我的祖国
笑了
伴着
用湖南话
在
天安门城楼上
嘹亮东方诗眼的领袖
笑了

老百姓
也笑了
笑在那句
“人民万岁”的话语里

毛主席呀
我们
想念您

您没离去

您没离去

您的笑容

慈祥

在子民的泪滴里！

另一个空间

暴雨来临时

一切都静止
脚步
需要测量
为谁
奔向远方的心程

离开家乡
已是太久
漫天水流
让你想起
送行的那杯酒

今夜又是无眠
思念总比
牵挂来得稍晚一些
老房子

在

更加苍老父母的支撑下

飘摇成

一帆乌篷小舟

暴雨要来了吗？

不知何时才能回家！

野猫

无边旷野

此刻

需要夜

需要星光或月色

朦胧一些最好

你还想着他（她）吗?

粗狂荡起

一蓬蓬

茂盛草叶

流萤

化成晨露时

万物归于寂静!

乌黑皮毛

泛出

冷酷

光芒

弓着腰身

隐却一丝神秘的微笑！

听雨

当你

深刻思念

一个人的时候

恰巧

这是雨夜

细雨缠绵的夜

风

潜藏于檐角

或谁的梦

古墙

老柳

寂寞在

偶有灯光的长巷

睡眠

是屏蔽禁锢

某种悸动的枷锁

睁大眼睛

慢慢听

囚笼外

滴答滴答声……

孤独的小鸟

被夜雨
迫降在
我小小的窗台
不敢鸣叫
怕惊扰窗内人的梦

夏日轻轻滑过
已是秋
是被
秋雨锁住
将要
醒来的秋晨

或许我
很幸运
尚有遮蔽

苦厄的屋顶
在无眠中
偷偷窥视
那个瑟缩
无奈的生命

有半袋米
倒也不怕
这秋雨连绵
不能开窗和她分享
猜疑中她会……

她怎独自
飘落在我窗台呢?
只是
借那一角屋檐暂避?

不想让雨停歇

"希望"会飞走
那种优雅
或稍带惊恐的跳动
抓挠着我
略显慌乱的心

今天会
用尽一切智慧
把我的仅有
分一半在窗台！

从此以后
总会有一方窗台
撒满一层米
等那只
孤独的小鸟
留下几丝爪痕

潭柘寺

帝王树下
且做一回帝王
接受四方朝拜
并万缕阳光
微笑间
千年隋唐

上山的路
信徒躬行
大庙的钟
逐风宁静
向东望
京都
龙气升腾
看四宇
天地一色山葱茏

都言先有潭柘后北平

通州古塔日燃灯

大运河上起歌声

从兹去

今朝

亿民乐业庆太平！

云居寺

高僧们

细细打扫禅房

不染俗尘

才是

云居的地方

千年风雨

浇灌

世间法

深深錾刻的石板

还有“大德”

用

舌尖真血显化的金莲

你来了

还你的愿

他来了

证他的缘

庙檐风铃

轻轻低唱

声音

飘飞得很远，很远……

秋已深

秋已深
且有雨
冷雨
天地逃脱不了寒凉

你笑了
笑得不合季节
泪水漫不过
思念的子夜

还好吗
冬日之前
给自己
给自己
点燃一星
煮茶的烟火！

梦中梦

请安静一些
所有美好
莫要惊扰
那个人太疲惫
都没多余力气
流下温柔的几滴泪

像刚抽出春色的花蕾
像小孩子
在
比婴儿
更娇嫩的草芽上小睡

这些太美
必须记录下来
求求您

这是她（他）

最深层次的梦

天亮了

天亮了吗?

我醒了

我醒了吗?

谁知道

谁知道呢!

北京清晨六点零九分的月亮

太美!

这大都市

似睡似醒的沉思

匆忙

脚步

忘却了抬头

路灯

闪烁

不太黑的路

谁在

触动黎明?

应该站在

日出

或

日落的地方

喜鹊巢穴

和

远方一样重!

时常

会有泪水

清洗

迷茫目光

是

我的爱

对这古城

深刻执拗沧桑!

远方

盘膝于
枯草之上
把
阳光
矮木
影子
以及
路人观望
炼成风景

希冀
在
攀爬的路上
更高峰顶
在
微笑中潜藏

疲惫

是

最好礼遇

觉悟时

你

不会再感到孤伤！

敬畏

老树
潇洒于
岁月之外
落红
真懂
一秋的伤

我
是
过客
强求
一刹永恒

风云
静了一静
何方
有路?

前行吧！

唱出

辽远的歌声！

走进秋天

孤寂

或许是

最喧闹的

各种成熟

是

最后的抽离

阳光

在

这个时刻

显得很暖

并

有些燥热

脚步

向前向后

向

无意识

角落挪动

突然

想

看看云朵

是否

清瘦下来

叶子飘零了

有些花开得正艳

秋夜

夜
撒出
一张
黑色的大网
一下
罩住了太阳
透过网眼
万点繁星
闪耀在长天上

我
撒出
一张
相思的大网
一下
罩住

在深秋旷野

玉簪一样的姑娘

她正用她

谜一般的幽香

驱离

我

倔强的忧伤

晚秋（二）

用成熟

和丰腴

抵挡一下季节

还在盛开的花

挽起

漫天落叶

偶有蜂舞

不见彩蝶

应该

在

有阳光的

某个午后

约上

春天不敢约的人

向

如画远山

向

如幻亭台

向

如归斜阳

慢慢行进

哪怕

背影

静静融入

将至的暗夜

阮籍泪

他太孤独
把哭当成一种喜悦
酣畅过后
那片竹林青翠欲滴

秋风瑟瑟马车行
这个狂妄之徒
总在找寻路的尽头
车厢里乒乒乓乓
撞翻几只空空酒瓶

抚琴高歌须有诗
谈玄论道
又一把扯碎礼法
大哭一场是最高境界
哭着哭着
便洗净了魏晋的风骨

独角戏

厌恶雨天和暗夜
水牢、黑笼不适合表演
喜欢阳光、月光甚至灯光
把影子
从身体中挤压出来做观众
最玄妙
是面对一方硕大镜子
点燃一支烟
我苦着脸深深吸上一口
里面会有人
微笑着吐出一个又一个云圈

荷塘

借风

轻吻一下

水中的倒影

羞涩

在

莲叶间

荡漾开来

不敢看他（她）

轻抚小荷的指尖

轻轻抬头

轻轻吁出

压抑

且兴奋的气息

云朵

在天边

岸上有迷人的翠绿！

镜子

云朵

悠闲于

江、河、湖、海之上

我分不清

哪是天空

哪是水面！

总把高山

当成一面镜子

攀登似乎有了

哲学意味

峰腰那棵树

不小心长出思维之外！

百万年前

某一个契机

静静凝视同类
发现
我应该是我！！

不仅仅是光影问题
暗夜中闭上眼睛
各种形象清晰深刻
时间也解决不了
一切皆有映射本质！

或许是异世界入口
看你敢不敢撕开它！

向灵魂借诗

夜深时

才敢放纵一刻

宿主已沉睡

不必

遵守某种契约

累了，太累

星空或夜色再美

无兴致看上几眼

有巨鸟

撕裂暗空

向夜更深处掠去

长鸣比爪痕

更具象征意义！

突然想把自己
变成一粒稻种
试着和土地
建立宏大哲学关系！

有时候赞佩梦境
鸿蒙未知
让现实
变得不太尴尬！

总有一些无奈
春水融入秋水
朝阳抱起残红
一株枣树盘活了季节
几枚熟果突然生动起来！

无题

当南国

已是烟雨朦胧时

我还在

北方残雪中呆立

距离总归是距离

长亭送别

泪水

润了多少草叶

又枯了多少花枝

牵过你的手

还在空中停滞

天涯有背影黯然回眸！

春并未远去

是还没来！

是等我们

足够阔达的心默默疯长！

北京初冬的雨

也学学

南方的含蓄

用

冷冷

相思泪滴

扫荡一下

街角枝头

不舍的归去

长巷

可

寄存

幽幽叹息

转身

挣脱

某刻的迷离

红墙

飞檐

静待

轮回之梦

岁月

缓缓

推动

新的一季！

稻草人

我相信
没有生命的躯体
能产生灵魂

鸟雀正用
惊恐眼神和动作
一次次进行试探

饥饿
让劳作愈发有了意义
宛如荒漠
能承载寂寥

重新
拆分为稻草时
希望的种子
正在冬藏中蓄力！

独行

喜欢
独自一人
走进旷野深处
走着走着
走成一棵树、一株草……

喜欢
背对着夕阳
大步追逐自己的影子
夜色降临时
我会把黑暗甩在身后

喜欢
在睡梦中
静静思考
当脸上有笑容

或眼中有泪滴时

躯壳会选择

该不该将我唤醒！

小屋

我曾
有过一间小屋
在春天的深处
花喜鹊欢叫时
我会打开小小的窗

记忆中
我应该
有过一间小屋
屋前有几株桃树那种

我想
我应该
会有一间小屋
在我一直心念的地方

小小的屋子

半掩的门

再扎上一圈木篱

最美是

冬天的那场雪后

一行脚印带我去找到……

小村

小村很小
清晨
我能分清
是谁家雄鸡
第一声啼鸣

小村很小
幸有村东口
那棵大柳树
春天才会
找到我的家乡

小村很小
小到
孩子们捉迷藏
都难觅隐身的地方

小到

只能容下

父祖辈质朴的善良！

小村很小

却能给我

一方泥土扎下根系

小村很小

多年以后

悄然挤进我的心脏！

另一个空间

忆起 1992 年因工伤双目失明的一段岁月。

我不能
告诉你
对她有多迷恋
那是
很多年以前
或
很多年以后的事情
花开的声音
不是
轻易
能
温柔抚摸于指尖
淋雨可以
不用
特意再

找寻方向感

某种兴奋

比

嘶吼

深刻酣畅

暗夜是公平的

我用手杖

戳碎

一个又一个

梦的七彩世界！

又一种梦境

把梦当成常态
生活将变得淡然
风在虚无中
能幻化种种形象

比如你是
一棵行走的树
不会有
脱离泥土的窒息
用枝叶反射阳光
云会远去并消瘦下来

比如你是云朵呢！
会思考
羽翼可像诗一般洁白？

入梦最好
在一张柔软床榻

在一所坚固寓居
被几只鸟雀唤醒时
不知是深夜还是黎明！

无眠

为何总有那么多
无趣的人呢！
挥霍了
浪漫美好夜色！

已是秋
虫鸣多了丝寂寥
推开窗吧
让灯光陪伴长街！

不要如我无眠
怎去找寻你的梦！
几枚青枣
正向星空传递将熟的信息！

有一种思考

月升上高空时
夜色
隐伏于眼瞳深处
不再思考什么
选择与庭院
一株老树倾情对视

一匹马
一匹白马
从草原上奔驰远去
不用思考什么，只需
抬头从云朵中找寻

蚁虫
似乎更加明了
秋已来临

寂静让空间愈发广阔

思乡的人

在另一批

游子的故乡沉默

大雁正

自由地沿着季节飞翔

有一种回忆

不清晰
不流泪
总在
梦中还原真相
然后用碎片
构建某种命运

不知是
鸟鸣唤醒清晨
还是
朝阳催开花朵
婴儿正用眼眸
观察这新鲜世界

大海在收取河川
孤岛

当然擒获漂流者
山峰会扛起云烟
并挂牵对面悬崖
那挂飞瀑

路在前方？
当你迈开脚步时！
当你迈开脚步时，
路在前方！

梨树沟的秋

最好
在一个晴朗日子
循着五彩的颜色
去靠近她
这是伊最美时刻

最好
在山路幽静拐角处
深情表白
用双臂揽住风景

最好
微闭眼眸
用呼吸
去品尝
香甜成熟的韵味

梨树沟的秋天啊！

羞涩待嫁的新娘

循着五彩的颜色

靠近她

这个时刻最好……

又一次无题

不愿清扫枯叶
庭院
有了岁月味道
深秋的阳光
还存几丝热烈?

昨夜有梦
留守
故乡的老树
在月光里
在月光里踱步!

习惯于
室内养一些
绿植和花朵
囚禁
些许生命的颜色!

孤独的核心

是某种力量

游鱼

竭力在天空呼吸

远方

从眼眸深处滴落！

老人

静静卧于床榻
眼神慢慢
回归童时的纯净
间或几丝迷茫

屋外的老树
拉扯不住
最后一片落叶
寒风里选择沉默

时针
迈着细碎的步子
旋转前行
自语声响起
是天快要亮了吗！

窗

这是我
窥视外界
和阳光潜入的通道
白云飘过
春天或秋天会来临

成熟草籽找不到
扎根的泥土
老屋之顶
干涸窖井
几丝绿色露了头角！

许久不曾
感受如何去存活
如同
找不回巢穴的蚁虫！

风

总能

解风情！

轻轻吹过

被遗忘

某处墙角的蛛网！

有扇窗

吱吱呀呀被推开！

栖身之所

四面是
厚重的墙壁
不需门窗
光线也不必
效仿某种
坚固的洞穴

身体
其实
可以退化
最后抵抗
是
放弃思维!

怎么去
伪装
这座地堡的出口呢?

种些花草?

捉几只蝶儿?

开几分地好了!

开垦几分土地好了……

白日梦

不要强迫
自己
在夜晚睡眠
得守护
那些
对你释放
善意人的梦

冬天来临了
万物在
静止中思考
雪花是
无畏的精灵
润湿
粗野狂放的胸膛！

你还好吗?

请在正午阳光下

投递

比火炽热的情感

这一刻

某种通道

已悄然打开

这一刻

某种通道

已单独打开!

梦醒时分

终止
睡眠时刻
不必在乎
日光正烈
新月初升
或繁星满空！

流浪猫
在古屋顶徘徊
老树亦会
按着季节
抽叶、开花、结果

泪水
怎就会
突然流下！

视线在
飞瀑中开阔起来！

请你去
旷野中漫步吧！
若可以
细雨天都好
我会撑把伞
不会淋湿你的那种……

落叶

世界善于伪装
蚂蚁摆动
头上的触角
计算怎么回家！

爱可以商量
在汝想我的夜晚
失眠
成为某种过错！

冬季总会到来
根系
抓紧泥土
沉默不语！

长街

离人

未来！

落叶飘下时

城市正隐隐睡去！

蚂蚁

寻一个秋日
有阳光午后
寻一处
有矮树
有灌木
有土地裸现
僻远
且不荒芜的地方！

孤独
暂时压制
对前路
思考的惊恐！

神秘的蛇
弓身又隐去

我不是
冬粮储备
柔弱
青黄
兴奋起舞的野草也不是！

选择
与一只
强壮蚂蚁对视！
它
挥动触角
黑色眼睛中
充满
对无家可归
神祇的不解……

冬至

不会有
比今天更长的夜了
光明在
严寒中缓缓加快步伐

故乡还好吗?
是否
如同漂泊的我
寻找、期待春天

远方的你
是否
也在等一场雪飘落
思念
拥着莹洁的花瓣
天地间轻舞起来……

后记

喜欢诗歌半辈子，这是我出版的第一本诗集，非常感谢华夏出版社的提携扶植！

我们华夏儿女，小时候，从识字起就要背诵古典诗歌，在血脉里种下了热爱诗歌的基因。记得十五岁那年，因父亲一句质疑，我开始尝试诗歌创作。那时正值父亲在《齐鲁电大》杂志做文学编辑工作。看到刊物上所选用的诗歌，我认为自己也能写成那样，甚至更好。父亲说："莫眼高手低，写出作品来才有发言权。"于是，我创作的第一首诗《麻雀·孔雀》在《德州日报》上变成铅字。后来，陆陆续续有作品变成铅字，入选多种诗集选本，而且还有意外的惊喜。那一年我参与《人民日报》的"大地"征文，所写诗歌《启明星》获得了三等奖。每每回忆起来，诗歌给我带来的获得感，如同一束阳光，照亮我，温暖我，让我感受到满满的快乐与满足。

十八岁时，因工伤导致双目失明，后经治疗，虽视力有所恢复，却留下终生残疾。随着工作、家庭压力的增加，我沉溺在生活的河流中，创作中断二十年，与诗歌渐行渐远。

人到中年，身体缘故，提前退职，到北京照顾年迈的奶奶，从而得以与北京市残疾人写作协会的同道们接触，这激励我重新拿起了笔。

自 2018 年起，我的作品又陆续在《中国作家》《诗选刊》等刊物上刊载。同时，我积极参加公益活动，做一些力所能及的事。记得我为一次会议当志愿者的时候遇到中国残疾人联合会的程凯主席，他竟能脱口背诵我的诗句，这让我惊讶万分，同时备受鼓舞！

出走半生归来，我仍是那个少年。

我写诗都是有感而发，只有构思全然成熟时方肯落笔，因而作品数量不多。这本诗集，只能算是我的起步，是生命中的一个刻度。它宛如春日里第一朵绽放的花，带着青涩，却也饱含对世界最纯粹的感知与热爱。我会再接再厉，不负领导的关心，不忘自己的初心，继续在诗歌的道路上耕耘，我相信，只要坚持下去，那片属于我的诗歌花园，终将繁花似锦，芬芳四溢。

张文武

2025 年 8 月于北京